暢所。欲言

黃萱萱、曼殊、汶莎、老溫──合著

天空數位圖書出版

目　錄

關於我那直言的兒子 / 黃萱萱　　　　　　　　　1

鄰座的姐姐 / 黃萱萱　　　　　　　　　　　　　7

沒有人，生來就知道如何為人父母 / 黃萱萱　　　11

開學了，孩子好緊張…其實媽媽也很緊張呢！/ 黃萱萱　17

陪伴星兒的路上，妳並不孤獨 / 黃萱萱　　　　　21

入伍前的忐忑 / 黃萱萱　　　　　　　　　　　　25

在英雄痕旁的追隨身影 / 黃萱萱　　　　　　　　31

音樂懷舊 / 曼　殊　　　　　　　　　　　　　　35

天文迷思 / 曼　殊　　　　　　　　　　　　　　39

吃餅之樂 / 曼　殊　　　　　　　　　　　　　　43

咖啡風潮 / 曼　殊　　　　　　　　　　　　　　47

菁桐之行 / 曼　殊　　　　　　　　　　　　　　51

吃甜湯圓的時節 / 曼　殊　　　　　　　　　　　55

最難忘的滋味 / 曼　殊　　　　　　　　　　　　59

萬物立甦春乍來 / 汶　莎　　　　　　　　　　　63

春雨綿綿燕還春 / 汶　莎　　　　　　67

驚蟄百味人生 / 汶　莎　　　　　　71

寒食清明柳，東風起傷懷 / 汶　莎　　　　75

春分時雨，日暝對分 / 汶　莎　　　　79

立之於夏，戲之於水 / 汶　莎　　　　83

穀雨挽茶 / 汶　莎　　　　　　　89

偷車賊與男醫生 / 老　溫　　　　　95

遊戲重製，是升華還是冷飯 / 老　溫　　　99

為何金庸要拆散段譽和王語嫣？ / 老　溫　103

運氣是成功的主因 / 老　溫　　　　107

想當有錢人從省錢做起 / 老　溫　　　111

朋友是什麼？ / 老　溫　　　　　115

四壞上腦，事後孔明 / 老　溫　　　119

早知如此 / 老　溫　　　　　　　123

用完即棄 / 老　溫　　　　　　　127

關於我那直言的兒子

文：黃萱萱

每個女人，都會經歷過，第一次當媽媽的時候。

「馬麻，後面的人要超過我們了。」

「只有你媽在踩腳踏車，OK？」

兒子無辜的看著正在爆筋前行的母親，不時張望後頭，越來越近的那一家子。

雖然，他比同齡的孩子還要高大，可畢竟才六歲，腿再長也沒辦法把踏板踩到底。

於是，在租用的協力車上，母親獨踩著，試圖淡化兒子在一旁的碎念，以及著急的眼神。

這是她第 N 次帶著兒子出行，只有母子二人的時光⋯當然，部落客敘述的親子小旅行是如此美妙，彷彿歲月靜好。

可實際上⋯

「馬麻，我的紅茶！」

等到媽媽側頭一看，只見紅茶已倒臥路邊，杯膜已破，呈現血流成河之姿。

「誰叫你要打翻的？」媽媽念叨著。

「馬麻，怎麼辦⋯那個杯子。」兒子開始語帶哭腔。

「我是不是說東西要拿好？」

「嗯⋯」

　　媽媽在無言的十秒內，頭腦開始進行地球誕生前的大爆炸，直至文明起源。

　　隨後，她停車，她下車，她拾起，她回座。

　　「下次小心點…不，是一定要小心。」面露凶光的她，扭曲的微笑。

　　「好…」

　　媽媽繼續踩著腳踏車，一邊深呼吸，一邊提醒自己，這是她親生的，她親生的…

　　孩子初生之始，每一天都是新的挑戰，充斥著酸甜苦辣。這是一份無給職的工作，沒有加班費，沒有三節禮金，做得好與不好都是親戚朋友間茶餘飯後的話題內容。

　　但是，拋開那些被人道長短的無奈，我很愛他。我這一生，只有深愛一個人的能力，這個孩子，就是我的世界。

　　當然，也是一種修為。

　　在他羽翼豐滿，向外展翅高飛之前，我得規劃好他的將來。

　　或許，會有旁人的雜音；

　　或許，會被他全盤撥亂；

　　或許，會在理想和現實間掙扎；

　　或許，一切的一切，都只是白忙一場。

起初，我是他的世界；

最終，我會目送他離去。

孩子啊，我真正在你心頭的歲月，能有多少年呢…

「要不要聽音樂？」媽媽問著。

「好啊！」

拿起手機，播放熟悉的歌曲，整個綠色走廊充斥著旋律，以及孩子哼唱的嗓音。

「馬麻，他們超過我們了欸。」孩子看著協力車已超前我們，惋惜的說著。

「沒辦法啊，他們有四個人呢。」媽媽溫柔的回答。

「因為他們四個都不胖。」

（緊急煞車聲）

媽媽的眼神，帶著暗黑的氣息。

「你是有事嗎？」

「我沒事啊。」兒子回答得心安理得。

媽媽的心裡又是一陣激盪，兒子陳述的是事實沒錯。你是沒事，有事的是你媽…

　　低頭看著肚子上的三層肉，媽媽嘆了口氣，繼續在豔陽下踩著協力車，上演著爆筋前行戲碼。

鄰座姐姐

文：黃萱萱

一間頗具規模的餐廳，豪華的陳設，座無虛席的顧客。

每桌，都有他們的故事。

姐姐面對著父母，三個人的臉色都好不到哪裡去。

當初，妹妹北上發展，姐姐擔負照顧她的責任，妹妹卻在這幾年，發生許多事情。

工作不順，移情別戀，借貸拖欠，日子過得亂七八糟。

姐姐好說歹說，妹妹不但不知悔改，還縱容男友對姐姐嗆聲。

兩姐妹決裂了幾年，加上父母包容小的，以至於姐姐都不想回家。最後，姐姐竟然成為錯的那一方。

最後，在這張餐桌上，北上的父母跟姐姐懇談，希望她能出席妹妹的婚禮。

最終，還是要嫁給那個渣男啊…我坐在隔壁的位置，一邊喝著茶，一邊心想。

姐姐堅決表明，不會參加妹妹的婚禮，可父母的態度也很明顯，兩老知情，也覺得妹妹是有不對…但是，婚禮已在籌備，請姐姐參加。

希望姐姐「識大體」，給兩老「臉面」，不然親戚間「不好交待」。

覺得鄰座姐姐的人生好累。

或許是並沒有太多這樣的問題，也或許是…我跟家裡兩個姐姐年齡相遠，關於三個女人之間愛恨情仇，並沒有太多琢磨在年輕的記憶裡。

到此，突然羨慕起她來。

斜眼偷偷瞥了一眼，剛好對上她泛紅的雙眼，趕緊舉手，做出喚服務生的動作。

服務生過來招呼之際，姐姐突然大聲起來：

「我就是不要參加她的婚禮嘛！」

「妳現在就是不想管我的感受嗎？」媽媽也跟著分貝提高。

「小姐您好，要點甚麼嗎？」服務生禮貌的問著我。

「我要一個蝦仁炒飯…」

「妳們冷靜下來好不好？」一旁的爸爸趕緊勸和。

「你也來勸一下女兒吧？怎麼都是我在說話？」媽媽不免埋怨起自己的丈夫。

「馬麻我要喝這個。」身旁兒子指著菜單上的甜品嚷嚷著。

「桃膠是個好東西，養顏美容抗衰老，對女性很滋補的。」服務生介紹著。

「我就是不想妹妹嫁給他啊！要不是看在懷孕的份上，那男人要當我女婿…想都別想！」爸爸也火了，嗓門也開始大起來。

「好，那來一碗…」

「你們就不要再逼我做不想做的事，她當初聯合 XXX 是怎麼對我的？你們知道嗎？我當時壓力有多大？我是姐姐欸，她怎麼可以讓他對我說出那麼過份的話？」

「⋯也給她來一碗。」我終於忍不住指向鄰桌。

「還有什麼清熱解毒退火碗糕洨欸，都上去。」

鄰桌一家三口望著我。

「甘妳屁事！」姐姐氣頭上，口氣自然很嗆。

「年輕人，這跟妳沒有關係喔！」媽媽也跟著幫腔。

「好了沒⋯結帳啦！」爸爸覺得難堪，趕緊拉著自己老婆女兒起身，往門口走去。

這什麼跟什麼⋯？！

「那⋯小姐，桃膠？」

「給我來兩碗⋯吵死了，氣得我都要抗衰老。」

沒有人，生來就知道如何為人父母

文：黃萱萱

沒有人，生來就知道如何為人父母。

特別是，自己從未想過會結婚生子。

幼兒園時期的最後一場 IEP（個別化教育計畫），我面對著巡撫老師，接下他的畫。

那是一張簡單不過的圖畫，裡頭的小人兒，代表我的孩子。

外頭洋洋灑灑的寫下，孩子這幾年的一些行徑，易怒，不穩定，坐不住，社交不成熟，同儕衝突等事項，頭部還寫上不服輸，過動，執著三個字。

但是，巡撫老師希望我把注意力，放在我未注意到的，寫在身上那些字。

分享，貼心，好奇。

「要看見孩子的優點，不要放大他的缺點。」

直至夜深人靜，我看著那張圖，回憶起過往，不禁摀住嘴巴，放聲大哭。

沒有人，生來就知道如何為人父母。

特別是，自己本身也與眾不同之時。

我不希望孩子的成長過程，走著自己的老路，經歷過霸凌，誣陷，不被世人了解的痛苦。

但是，當孩子成為，你不希望他成為的部份時，唯有面對，才能幫助他往社會化的方向邁進。

這一段路，我們母子走得疲累也辛苦。

曾經有段時間，一個禮拜起碼有五天，是超過晚間八點才回家的。

平日時，是為了復健跟回診，假日時，不希望他在家無從發洩精力，只能安排一個又一個的活動。

所幸，還有老公幫忙，讓我能抽空參加特殊兒教育為主題的講座，或是給我 1-2 小時的空閒，一杯咖啡，放空思緒，只有我自己的時間。

我該慶幸，自己一向愛自嘲自黑，還有莫名的樂觀與正能量，讓我在育兒的這條路上，不至於上演中世紀悲劇的戲碼。

尤其是，他的個性幾乎與妳雷同，一雙健康又烏亮的大眼與你對視，與此同時，我轉頭正視鏡中的自己…

我幫助他的同時，也在救贖我自己。

沒有人，生來就知道如何為人父母。
特別是，面對身為特殊生的孩子時。

我曾向某一間幼兒園園長爭執，因為他的話過於直接，傷了一個母親的心。

「根據我幼教這麼多年的經驗，妳孩子一定有過動症，有空趕快帶他去評估！」

孩子的狀況，足以讓他換了三間學校，朋友們半開玩笑的說我是孟母，因為三遷。為此，也只能苦笑以對。

這些年，我已經可以平靜對待外頭的隻字片語。因為，我明白自己的努力，終究會化作甜蜜的果實，讓孩子品味芳香甜美的未來。

父母好，孩子才會跟著好。

只能勇敢，只能樂觀，只能坦然，只能釋懷。他會學習，長大後也是如此。

　　沒人能知道未來如何，身為一個母親，該做的已盡力，準備開學前的事項，與資源班老師的溝通，打聽級任老師的教學風格，他的路，勢必會比我平順。

　　望你平安健康，盼你快樂成長。

開學了，孩子好緊張…
其實媽媽也很緊張呢！

文：黃萱萱

孩子開學了，雖然很想雲淡風輕，但事實是⋯自己騙自己！

白天，在同事面前，我可以四平八穩的安撫同樣情形的媽媽。

夜晚，在手機面前，我卻緊張慌忙看著網路上相關資訊。

由於孩子是特殊生，已通過鑑定，普通班與資源班的兩方協助之下，暫時平復身為母親的不安。

網路與通訊變得如此發達，跟以往相比，人與人之間的距離變得更靠近，師生溝通更為方便之外，交流的藝術也格外重要。

不光是家長與老師，家長與家長之間也是。

在此之前，我其實不愛社交，雖然瘋癲，縱使豪爽，可真實的自己，是一個宅在家中，熱在工作，其餘不要來打擾我的⋯個體。

新手家長帶著孩子，在幼兒園時期的經歷，讓我更加明白，人與人之間互動的必要性。

同事問我：「妳都不會擔心小孩在學校的狀況嗎？」

「不會啊。」正在調機台的我回答著。

「妳緊張，學校跟安親班比妳更緊張，他們要負責的孩子更多，一點都馬虎不得。」

學校是一個小型社會，身為父母的我們，終究得放開孩子的手，讓他們自己走進校門，找到教室，放下書包與餐袋，與同學跟老師互動。

　　我不敢鐵齒的跟同事保證說，孩子在學校絕對沒問題，只能安撫當下懸在半空的心，跟她說些有趣的事情，不再把心思纏繞在孩子上。

　　當然，還有那一張張，滿滿的入學表格。因為用心，所以寫很久，寫到自己的事情都處理不完。

　　也唯有在這個時候，會跟老公認真討論孩子的優缺點，課照班跟社團要不要參加，學生卡是要綁定悠遊卡還是一卡通，甚至是…頭一回見到的家庭防災卡。

　　這類的表格，每學期就得填寫一次。有時，很想發牢騷，但看著身邊同事…尤其是生兩個以上的家長，一整套表格是重覆書寫。突然覺得，自己也沒什麼好嘮叨的。

　　或許，會有人說我們這類的家長太認真。第一次當小學生的家長嘛，就跟自己開學一樣，看著孩子坐在老師編排的位置，真的感覺他長大了。

　　「你緊張嗎？」我蹲在孩子身旁，在他耳旁小聲的問著。

　　「緊張。」童音道出他的心情。

　　「其實啊，媽媽也很緊張呢。」

　　母子倆偷偷的笑了。

陪伴星兒的路上，妳並不孤獨

文：黃萱萱

在我的人生中，因為個性，最不敢想的就是結婚生子。都是孩子出生後，才開始學習如何當一個父母。

尤其是，身為星兒的父母。

孩子三歲時，帶著確診為 ADHD（注意力不足過動症）的報告，前往另一間醫院再次確認時，又意外得知，孩子還有亞斯伯格症的行為。

當然，我的心情平淡很多。

很多事情，是有機可循的，兩歲時，在幼幼班發現坐不住，干擾同學上課跟午睡，連老師都建議我去醫院評估。

第一次看診，醫生以年齡還小為由，建議再觀察。

第二次，他三歲了，聯合評估的結果，證實了我心中的可能。

我得感謝兒子在幼兒園路上遇到的老師們，跟園長們。

為什麼這麼說？兒子的幼兒園之路，我像是孟母三遷一般，從 A 到 B，B 回 A，大班在 C 結束。是的，換了三間幼兒園。

這道旅程，每每讓我有深刻的體悟，什麼是適性發展，何謂因材施教；這四年來，孩子的狀況時好時壞，他的學習力是強的，但他的情緒，思維，與人處事的做法，無時無刻挑戰老師的耐性與智慧。

不禁想起伯樂孫陽與楚王的故事，孫陽識馬，楚王命尋其千里馬，孫陽最後卻找來一批骨瘦如柴的病馬，他解釋：「這確實是匹千里馬，

不過拉了一段車，又餵養不精心，所以看起來很瘦。只要精心餵養，不出半個月，一定會恢復體力。」

楚王半信半疑，還是按照孫陽的話去做，果然，馬變得精壯神駿，日行千里。

古人云，千里馬常有，伯樂卻不常有。

與其埋怨世上伯樂難尋，知己難求，不如成為孩子的第一個孫陽，體恤他，關懷他，但也要教育他，管制他。

我承認，初期真的很難。因為，鮮少有父母能面對這方面的課題。

懷胎十月，含辛茹苦，點點滴滴…與其逃避，哭泣，抱怨，懷恨；選擇面對反倒是個痛快。

跨出那一步，不再擔心貼標籤的問題。其實，標籤都是父母貼上去的。

曾經讀過一本童書－【你最特別】。

書中的主角胖哥，時常被村裡的人貼上代表不好的灰點點貼紙，也因為貼紙太多，胖哥都不想出門了，直到他遇見露西亞，她是一個任何貼紙都貼不上的人，胖哥好羨慕，問她方法。

露西亞指著山上的小屋，要他去找伊萊，創造他們的人。

伊萊說了很關鍵的話：「我不在乎其他微美克人怎麼想，重要的是我怎麼想。我覺得你很特別。」

「當你在乎貼紙的時候，貼紙才貼得住。」

就在我參加完孩子入學前的 IEP（個別化教育計畫）後，走出校門時，有種如釋重負的感覺。

我不後悔面對，我必需面對，逃避無法解決。這幾年的復健，心理諮商，參加過大大小小的座談，演講，無非就是正向面對問題與現實，接受孩子的特殊，陪著他走過成長的路。

你若好，孩子就好。

你若堅強，孩子也會有強健的心智。

你若樂觀，就會有個愛笑的孩子。

我們，都在努力。

入伍前的忐忑

文：黃萱萱

　　阿生要去當兵了，除了惶惶終日外，還得面對親朋好友間的無數意見。

　　「金六結？啊妥欸啦！」孩子剛出生沒多久的阿叔拍胸脯保證說。

　　「你沒聽說"歡樂金六結"嗎？」

　　「哪裡歡樂了？同梯如果是豬隊友就死定了！」另一個同樣也為人夫的孔大哥駁斥阿叔的話。

　　「我有一個同梯，超級大白目。剛下金六結的時候，半夜站哨給我在那邊妥（睡），長官來巡哨，看他睡覺，直接把他槍給摸走。醒來以後發覺完蛋，跑去摸同梯的槍來充數…連長早就知道了，問他也不承認，我們那禮拜，每天晚點名舉著槍 100 下交互蹲跳，邊跳邊瞪著他…氣死了！」大叔的語氣，有著滿滿的恨意。

　　「他們現在才四個月的兵，不要嚇他啦。」阿叔看著阿生的臉色漸漸不好。

　　「阿生啊，現在沒以前那麼操。不用擔心的。」

　　「四個月？真把當兵成夏令營了。」大叔哼笑著，心情卻已沉鬱。

　　「唉唷，不用感觸啦，喝喝喝。」阿叔趕緊轉移話題，眼神示意阿生先轉移話題。

　　他不懂阿叔的意思，只能默默的離席，去廚房幫忙媽媽洗菜。

　　關於當兵，媽媽也說話了。

「現在才四個月而言，就當你回去學校上課，學期結束，兒子就回來啦！哈哈。」

阿生心想，怎麼跟電視演得不一樣，應該會有依依不捨的情節吧？

「其實，一定會想你的。你上了大學以後，第一次離家，媽媽調適好一段時間，才比較能接受。」

「孩子長大了，終究留不住的。」

氣氛剛剛變得溫馨，爸爸突然走進廚房。

「茵茵的尿布放哪裡啊？」

「一樣那櫃子啊。」媽媽眼眶泛紅的回答，自顧自的張羅一切。

「………蔡浩生，你給我出來。」

「你跟你媽說什麼？為什麼她在哭？」爸爸一邊把尿布給阿叔，讓他給女兒換尿布，一邊嚴肅的問著他。

「沒啊，就問當兵的事情…」

「你們現在才四個月，還要說出來讓你媽擔心…」

「好啦好啦…」阿生實在不想聽父親的碎念，小聲的回應著。

「你在軍中敢這樣跟長官說話，四個月堪比四年我告訴你！」

「怎麼可能會這樣講啦？」阿生覺得自己怎麼可能那麼白目。

「我知道你心情很複雜，但是，與其想太多，不如就好好面對這個坎兒。當兵很苦，很累，卻很精彩；不打勤，不打懶，專打不長眼，你會明白的。」

阿生心想，爸爸講的他都知道，也明白當兵會讓一個男孩變成男人的道理，只是…

「爸，你也知道的。一進去就要被操，被電。接受不能接受的"接受"，服從必需服從的"服從"…」

「哪來那麼多接受跟服從？能不能簡單一點？」爸爸一時也聽不懂兒子的話。

「是啊！哪來那麼多的接受跟服從？」第一階段，阿生贏得了辯論。

可就是他這樣的話，讓爸爸揚起一抹神秘微笑，令阿生忍不住打了個哆嗦。

兩個小時之後，家裡來了一訪客。

「兒子，好好玩。叫學長。」

「爸，別這樣子，爸？爸！」

只見爸爸帶著一臉遲疑的媽媽往門外走，連同阿叔跟老大哥。

老大哥看著客廳的兩人，留下欣慰的微笑。

「…Hi…」

「Hi什麼？」學長笑歸笑，流露出的氣息就讓人感覺笑裡藏刀。

「那…學長您先看電視，我回房…」

阿生邊說邊快步的想躲回房間，可一山還有一山高，不光是自己的寢室，連同父母的跟客房，都已經被上鎖。

「蔡叔叔有交代，請我轉達：剩下五天惡補，你逃不掉的。」

真不愧是親爹…阿生心想。

「那…學長我先出門…」阿生心想，躲屋內不行，往外溜總可以了吧…

「可以啊，先從跑三千開始，學長剛好也是這麼想。」

「這…我…」阿生簡直快用哭腔發聲了。

「請說"報告學長"。蔡叔叔轉達：在軍中，面對學長跟長官，沒有你我他。」

「報告學長啊…」

「學長是陸軍兩兩兩五梯（備註1），本以為是永遠都菜鳥，沒想到，沒簽志願役，竟然還能帶學弟。哈哈哈哈…」

學長的笑容，很燦爛。

備註 1. 陸軍 2225 梯，為國防部陸軍最後一梯義務役，從此之後，全部改為四個月的軍事訓練役。國軍三軍部隊最後一梯次入伍的義務役士兵，包括海軍艦艇兵 735 梯次；陸軍 2225 梯次；空軍 892 梯次；海軍陸戰隊 811 梯次。

在英雄痕旁的追隨身影

文：黃萱萱

養育之路並不輕鬆，當親子發生碰撞時，那就自己去挖開他！

一日，母子倆又再吵架之時…不是我這個媽幼稚，他的確是一個人，我得一人分飾多角來陪伴。媽媽的形象，不能只是一個溫柔婉約的角色。

你問我累不累？說實話，截至目前為止，我還挺樂在其中。

最近，一直讓孩子看儀隊的影片，給他一個目標學習，一個絕對正面的目標，終於，有機會帶他前往觀賞。

當然，為了如何前往這件事情上，我們還是起了爭執。

不坐高鐵，他害怕列車出發前的警示音。

不坐台鐵，假日期間，臨時出行購買坐票不易，未知的變動會影響他的情緒。

一個媽媽被糾結的時候，轉移注意力是最好的選擇。我假借曬衣服的理由，要他再想一下如何前往，自己也想著要如何化解僵局。

這真的很有效，我都忘記年輕時，是怎麼解決曾經的北高遠距戀情的，客運嘛！

經濟實惠，帶點運氣跟冒險，更重要的是…客運沒有站票。出發了！我們去看儀隊！

或許父親是退伍軍人的緣故，對於軍人有發自內心的尊重，關於這點，我嚴謹得格外正經；加上最近狂在 YOUTUBE 上看著三軍儀

隊的表演，兒子也跟著自己成了「儀粉」，母子倆一起做著熱血的事情，也會是老後的甜美回憶之一。

看著兒子跟在儀隊不遠處，學習他們的步伐，抬頭挺胸的向前邁進，稍稍寬慰我的內心。

兒子啊，我這個母親此生最大的遺憾，就是生錯了性別，得不到妳外婆實質的關愛，也讓身為家中獨子的外公斷了後。

或許你會覺得奇怪，為什麼要把這樣的過錯放在自己身上？原因無他，只因你母親是被滿懷期待的出生。你的外公不在乎，他很疼你母親；但是，你的外婆，她自責，於是，她無法原諒我的性別。

總得要做些什麼，以寬慰自己的內心。

總得要做些什麼，來彌補一生的遺憾。

你的人生，長大成人之後由你自己決定，可唯有此時此刻，看著廣場上的英雄痕，再看著你追隨儀隊的背影⋯

我的心思，化成你。

由你來完成，母親這一生無法實現的，關於成為男人的夢想，追隨你的外公。

　　（年輕的時候不會想，等到母親與二姐雙雙病逝，父親也已衰老之時，身為家中老么，還能夠做什麼事情，讓父親能夠寬慰的安享晚年呢？）

音樂懷舊

文：曼　殊

　　已經很久不再聽流行音樂了，有段時間，我只衷情古典音樂。

　　曾經喜歡聽小提琴音色，慷慨激昂，如泣如訴，像孟德爾頌 e 小調小提琴協奏曲，音樂家拉到哀傷的弦律時，總能令我心震盪許久，耳邊也時常迴響起那重覆的憂鬱情調，有時一首曲子聽起來，只有那幾小段悅耳而已，其餘的其實並不那麼動人。

　　也曾愛上大陸武俠劇，尤其古色古香的場景、對話，更使我連帶愛上了為劇而作的歌曲，一整套聽下來，連我都忍不住為劇情動容，久久無法自己，而我似又回到兒時，台灣只有三台電視劇的時光，每天六點，固定播放的小甜甜卡通劇，那時弟弟愛看「無敵鐵金剛」，短短半小時的卡通時間，就在爭看不同的電視節目中過去了，有時只能看到片段，劇情無法連貫處，往往令我回憶起，到底那沒看到的地方，上演著什麼情節呢？不像如今，看電視已經被電腦和手機取代不少，連聽音樂也往往上網聽，曾幾何時 CD 片也銷聲匿跡了。

　　最近聽 YouTub 歌曲，竟自動跳現出那首《送別》來，優美的歌詞寫著：「長亭外，古道邊，芳草碧連天，晚風拂柳，笛聲殘，夕陽山外山……。」這首歌曲，又令我陷入讀國小時，最愛上的音樂課來，那時所有的課程裡，最懼怕的莫過於數學課了，有時候數學考不好，老師叫著不及格的名單裡，總有著我的名字，我就被叫到課堂前，挨著板子，疼得哇哇叫，又不敢掉眼淚。

　　那時候同學最喜歡的課，往往就是音樂課了，音樂老師彈著一台老舊的鋼琴，教大家唱《紫竹調》、《萬里長城》、《在那遙遠的地

方》……，還有許多民謠，現今回想起來僅能哼唱幾句，唯有這首《送別》，我至今仍能記住那美麗的歌詞。

歌詞中的那兩句「芳草碧連天」和「夕陽山外山」古詩，總能令我感到莫名的惆悵起來，當夕陽西下時刻，望著橘紅的落日，即使待在城市內，我仍會聯想起這句「夕陽山外山」的詩來。

年歲漸長，當憶起這首《送別》的下半歌詞：「天之涯，地之角，知交半零落，幾觚濁酒盡余歡，今宵別夢寒。」總令我想念著，那些久未謀面的朋友，各處南與北兩方，很多時候，想找人說說話時，總被手機裡的 Line 取代了；不過，我仍衷情於，長途跋涉搭車，親自碰面，可以會晤的情誼，那是通訊軟體無法取代的感覺。

快速與方便，有時沒什麼意義，就像我在老舊的時光步調中，總能尋回過往的生活片段，雖然時空不再，但重現往日情懷時，我仍能感受到那些百聽不厭的經典歌曲重現。

有時聽著一些懷舊歌曲，我似又回到了年少無羈的學生時代了。

天文迷思

文：曼　殊

　　依照太陽的位置，很容易分辨出東方和西方，但南北兩個方向，我卻經常搞混了，把南方當成北方，北方當成南方。

　　白天，沒有星辰的指引，如何分辨方向呢？偶爾我會為缺少這方面的常識而感到懊惱，為何連這麼簡單的事情都不會呢？

　　為此，我專門找了關於天文學的書來看，學總學得來吧！

　　話說我也是近來才對天文星辰感到興趣，至於引起興趣的原因，說來好笑，看了一齣大陸劇「擇天記」引起了我的天文樂。

　　戲劇闡述了一位天才青年，從日月星辰的指引中，找到了改變自身命運的軌跡，與中國人自古相信「天人合一」的理念相應，人誕生時有所謂的紫微斗數星盤可以參考，千年來可視為個人一生運途命數的參考，確有其靈驗度。

　　中國古代有專門為解讀星象，測定人間吉凶禍福的天文官，自古就有流傳日食時，人間災禍就多的象徵，但被現代人視為迷信，科學方法解釋之下，什麼奇特的現象或流傳的記錄，都被解釋的合理化，人類對天文異象出現時，不再覺得心慌。

　　但科學真能解釋一切嗎？

　　猶記發生在 2009 年夏天的正中午，那時我在台北車站附近工作，印象十分深刻，正午太陽當空時，剎那間像被黑雲遮住般，天地整個變得風雲慘烈般地變色，黑壓壓一片彷彿災難將臨，連風也呼呼地咆哮起來，令人心生不祥之狀。

　　自古日全食被中國民間稱之為「天狗食日」，每當這個時候，老百姓們會敲鑼打鼓以嚇跑「天狗」，有時聽聽古人流傳下來的神話，也頗有樂趣，由於歷史上有太多跡象指出，日蝕就有天災出現的巧合，所以當太陽、月亮、地球排成一直線，稱為「三星連珠」，必有大事發生，在在都令人，不敢掉以輕心，視為等閒之談。

　　如果用科學解釋，太陽和月亮的引力只會引起潮流變化，不足以造成地殼變動，但統計經驗卻顯示出，南亞大海嘯奪走 22 萬條人命，2 天後當地就出現日全蝕，2009 年 7 月我親身見過的日全蝕之後，莫拉克颱風重創台灣中南部及東南部，引起八八水災（發生在 2009年 8 月 6 日至 8 月 10 日），水災程度為自 1959 年的八七水災後，最嚴重的一次。

　　這些現象，似乎顯出千古年來，日月星辰的組合發生變化之時，人間將有災禍或異象出現的傳說，並非空穴來風。

　　我下了決心走訪一趟天文館，此後將花部份時間，研究天上日月星辰的排列組合變化，來解析人世間吉凶禍福，做為參考依據，並且了解古代天文官都做些什麼工作呢？

　　科學家的解讀並無法滿足我對這些千古發生的奇特現象，科學並無法解釋與分析的事物太多了，在某方面來講，或許迷信並不是一種落伍。

吃餅之樂

文：曼　殊

曾幾何時，我也愛上了吃餅。

年少時，由於經常容易感到口乾舌燥，對於缺少水分的食物，一向不愛吃，像乾麵、餅乾等，水果中尤以香蕉沒有水分，列為生平最不愛吃的水果之一，而我喝水和飲料，就像蟋蟀一樣，呼哩希哩的一大口一大口地灌進肚內，有時仍難消口渴的狀態。

為此，我去看了中醫師，中醫認為體質表面現象是躁熱，但實際可能有虛症之故，至於是陰虛或陽虛之說，我始終沒有搞清楚？醫師又說脾胃虛火的緣故，反而要少喝涼水，多吃溫補的食物，像薏仁，或者喝牛奶可潤燥，我那時也不愛喝牛奶，反而將加糖的綠茶當開水一樣的喝，喝了將近二十多年的綠茶。

也許是年輕氣盛的緣故，步入中年以後，突然不再感到那麼容易口渴了，反而喜歡滋味清淡的食物，偶爾咬著乾乾的白吐司配杯黑咖啡，倒頗有滋味，也開始喜歡白饅頭的味道，恬恬靜靜的口感，慢條斯理的咬一口之後，細細咀嚼，倒引出一絲絲甜味來，口內也像有水般自然湧出來，口乾的現象自然消失了。

由於經常騎車經過市場，有回中午肚子餓時，發現路旁攤位邊，寫著「紅豆餅、大陸餅、胡椒餅」，我好奇買了一個大陸餅吃看看。

大陸餅皮外黏著蔥花和白芝麻，老闆將做好的餅放在烤爐內，把餅裝進紙袋內遞給我，放在掌心熱熱的，打開紙袋，一陣麵皮混和著蔥花的香氣直撲鼻來，我將車停在路邊，撕下一小塊放入嘴中，起初

入口沒什麼滋味，咀嚼之後，花蔥芝蔴般的香油滋味在嘴內散開來，愈吃愈香，不由得狼吞虎嚥起來。

從此以後，我也愛上了吃餅，吃一塊乾乾的餅時，不必喝什麼飲料，也不覺得口渴了。

我開始留意店家賣的紅豆餅、蔥油餅、韭菜盒之類的小吃食玩意兒，有時甚至把它買來當正餐吃一頓，或者當下午茶點心，一個單價十多元左右，食量不大的人，吃二個也可以當一餐，方便經濟又好吃。

許是年紀大了，有時少吃一頓，肚子也不覺得餓，吃東西似乎成了一項習慣而已，習慣在這個時間吃早餐或吃午餐，有時不吃似乎也沒關係，正因如此，我更經常的買小餅來吃了，有時啃著小餅吃，似乎比吃正餐還要有滋味多了。

仔細看來，做餅的方法並不難，將麵糰揉好之後，放置爐坑上，加油煎熟，看內餡要甜的或鹹的口味，甜的就加紅豆，鹹的就加蔥花，製作方便，出門在外隨身帶幾個小餅，也可充饑解饞。

無怪乎，大街小巷內，總可以看到賣餅的攤位佇立，而我就愛停在路邊，啃食這一小麵餅皮，似乎也感染了北方人的吃食習慣了。

咖啡風潮

文：曼　殊

　　喝咖啡的風潮，開始在大街小巷中，流行起來的時候，至今仍令人難以追究起，它風行的時機。

　　流行的風潮向來總令人有點難以捉摸，就像民國七十年代，台灣街頭流行泡沫紅茶店，那時最有名的莫過於小歇連鎖店了，店內的招牌泡沫紅茶、綠茶，還有厚片吐司，往往成為時下流行的餐點，曾幾何時，連鎖泡沫紅茶店，又悄悄地從街頭巷尾消失了，取而代之的手搖杯冷飲，又成了愛喝飲料人的新風潮象徵。

　　那時咖啡店還未像現在如此普及，喝咖啡的風氣尚未盛行，電視廣告主打三合一即溶咖啡回家沖泡，依照咖啡、糖、奶精調配的黃金比例，方便快速的沖泡方式，加上價格又低，成了喝咖啡的首選。

　　慢慢地，大眾喝咖啡喝成習慣時，對咖啡的品質開始講究起來，反而不再喜歡喝流行的口味，先是咖啡裡少了加糖的習慣，漸漸又擺脫了加奶的習慣，偶爾也喜歡上了，品嚐一杯又黑又苦的黑咖啡。

　　或許，喝咖啡的味道沒變，而是人生歷練不一樣了，年歲漸長，不再那麼喜歡吃糖了，也不再吃調味料重的食物，飲食也變得愈來愈清淡。

　　當磨研的咖啡豆和濾掛式咖啡，變成咖啡店寄賣的副產品，取代了原本玻璃罐裝的咖啡顆粒，咖啡沖泡起來更講究了，必需家中備有咖啡機才能煮出一杯咖啡來。

　　慢條斯理的沖泡一杯咖啡，在悠緩的午後，點上一杯卡布其諾或拿鐵，也成了很多人的日常生活小樂趣，星巴克或露意莎門市充斥的

街頭,咖啡連鎖店如超商般座落於街頭巷弄之中,隨時想坐下來喝杯咖啡的機會也變多了,不論是招牌上斗大的美式黑咖啡或義式咖啡、小農拿鐵,更是熱門的單點選項,有時欣賞著咖啡最上層講究的拉花,細細啜飲一口咖啡香,很多人蜂擁而至咖啡店,談天解悶。

當第一次看到濾掛式咖啡時,我還不知道怎麼沖泡呢?據聞這種咖啡是日本人發明,將咖啡粉裝在濾袋裡,兩側的夾板掛在杯子上,沖完後即可丟掉,一開始,我老覺得它的包裝有點浪費,直接用咖啡粉沖泡,方便又快速。

但實際喝了濾掛咖啡和咖啡粉沖泡之後,濾掛咖啡更能品嚐到咖啡原豆的香醇濃厚口感,濾掛咖啡一時之間蔚為風潮,成為愛喝咖啡的人士,買回家沖泡的熱門商品。

只是當喝咖啡的風潮正盛熾之時,應該沒有人能預料,也沒有人會去想,未來不知那個時機點,它會不會像泡沫紅茶店小歇那般,悄悄地又從街頭巷尾消失了呢!那也說不定。

菁桐之行

文：曼　殊

　　原本菁桐對我而言，是一處陌生的地方，從未引起我的注意，幾年前觀看電影「台北飄雪」時，許多場景拍攝於菁桐老街，一排木造及石造的小小二層樓的老屋，以及石道鐵路風情，令我留下了深刻的印象。

　　從此之後，菁桐這地方就烙印在我的心痕裡，盤旋於腦海裡的念頭，始終騷動著我，一直想找個時間到這地方去看看走走！但，過了許多年之後，我卻還是未能成行。

　　今年許是武漢肺炎影響的緣故，時間變得空閒許多，我開始將沈埋在心裡許多未付諸行動的事，一一付諸實行，其中一件事，就是搭火車前往菁桐。

　　由瑞芳站分出兩條火車支線，其中一條小鐵道就是往平溪線的路線，菁桐就在平溪線的最後一站，週末上午，整排火車坐滿了旅客，我沒有在瑞芳站下車轉搭平溪線火車，而是搭到三貂嶺，等待往菁桐的火車約在 40 分後到達。

　　三貂嶺之地，夾在兩處山壁之間的一處小峽谷，谷中間一條溪水蜿蜒穿過山越之間，雖然地方不大，但風景優美，仍吸引不少穿著爬山服的旅客，到此一遊。

　　小鐵道懸高於山澗之上，往下俯瞰碧綠的溪水，觸目所見，層山疊嶂，翠綠滿眼，彷彿連花草香都飄進了車內般。

　　米白色木造平房的菁桐小車站，遍佈著遊客，出口就到了老街，四處販售著小天燈，天燈上劃著絢麗多彩的花，上面寫著諸如：「戀

愛成功、愛情順利、學業進步、富貴吉祥」等祝福的字眼，我隨手拿起一鑰匙圈，包裝紙上寫著：「幸福的不思議力量」，並簡述著放天燈的由來。

天燈又稱為「祈福燈」或「平安燈」。每年元宵節，鄉民都會放天燈，祈福消災，當盞盞明亮的燈火，緩緩從溪谷升起，燈上還繪有各種圖案，以及放天燈者的姓名及心願，於是有「放得愈高，願望升得愈高」的說法。

我沒有即興放一盞天燈，但內心卻充滿著想祈福的心願，除了天燈之外，店家還設有許願筒，約莫三十公分高的竹筒上纏著紅線，線頭可以垂掛在老街旁的許願牆上，垂掛著密密麻麻的竹筒牆上，我佇立於前，觀看許願者都寫些什麼心願？有人希望當個公務員，有人希望早日脫單，有人希望和愛人，可以長長久久，每天幸福……。

遲疑了一會兒，我也沒有在許願筒上寫下心願，在燠熱的豔陽照射下的老街上，和許多人一樣，坐在遊客中心的長椅上，舔著冰甜的冰棒，遊覽車上，正走出一群觀光客，湧在石階梯上照相。

電影中的一幕男主角從菁桐小鎮消失後，女主角回到當地，遍尋不著，決定用餘生來等他，而電影落幕在一片無聲的期盼之中。

現實中的等待，向來令人感到不安，在等待漫長的武漢肺炎疫情結束之間，我也忍不住買了一盞天燈，祈願著：「國泰民安。」

菁桐，在多年之後，我終如願的前往朝聖了。

吃甜湯圓的時節

文：曼　殊

農曆正月初九天公生日的節慶拜拜，這天的湯圓特別好吃，而天公即是一般人稱的「玉皇大帝」。

印象中，一年之間，吃到湯圓的機會不多，冬至就是一個特別的節日，在冬至來臨的前幾天，街頭小吃食店門口，往往會擺放著賣紅白湯圓的攤位。

湯圓的製作過程很簡單，將麵糰糅好之後，隨手捏出一小糰麵糰，在掌心中搓成小圓狀，然後將小湯圓放在灑滿麵粉的盤子上，一一排列整齊。

揉湯圓的麵糰，用料與一般麵粉不同，一般麵粉用的都是小麥磨成的粉，而湯圓的麵粉，用的是糯米粉，糯米粉是由稻的變種糯稻的種子磨成，柔軟韌滑，最常見的就是水磨糯米粉，常常被用來製作湯圓、元宵或是一些軟糯的糕點。

拜天公時，母親一大早四點多就起床，張羅拜拜用的祭品，尤其煮了一大鍋甜滋滋的湯圓，放在神明桌前面。小時候住在鄉下，供桌就是在庭院內擺放長條椅，上面擺滿了一些吃食，約有六七盤之多，然後照例放上一鍋煮好的甜湯圓，這時候，我們往往還在睡夢中，依稀可聽見母親忙進忙出的準備拜拜，紗窗門打開又關上，碰在門板上的聲音。

母親除了每月初一、十五必買水果敬拜之外，一年之中大小神明節慶，拜拜從不間斷，而拜拜完之後的食物供品，就成了兒期時的我們一家老小，添於餐桌上的美味盛饌了。

　　供品在祭拜之時，母親會先焚香稟告玉皇大帝，自己的名字，家中地址，禱文大部份都是說明自己以誠心祭拜，希望玉皇大帝能保佑全家平安健康，等香燒過了三分之一，拿起桌上金紙三拜之後，請天公和天兵天將笑納，或擲筊詢問，當筊出現一正一反時，表示拜拜完畢，可開始燒金紙了，燒完金紙之後，就可以吃供品了。

　　小時候零食少，吃甜湯就成了打牙祭，最好的解饞食品之一，尤其糖，大人小孩都愛吃，拜完天公之後，甜湯圓照例成了當天一家老小的早餐，母親認為，吃了拜拜後的食物，更能得到神明護佑，而我只記得，那碗紅白相間，濃蜜軟 Q 的湯圓，攪得像糖蜜般的甜，一碗下肚，胃腸瞬間也甜蜜起來，全家老小，也像感染了節慶般的喜樂，吃得滿嘴甜甜，連帶地話都說得討喜起來。

　　成年後飲食減糖成了健康的標誌之一，雖然不再那麼愛吃甜食，但對甜湯的美好回憶，仍停留在天公生日，一家和樂話家常，那難以磨滅的喜慶節日印象了。

最難忘的滋味

文：曼　殊

　　每當我回憶起過往的生活片段，發現生平最難忘的滋味，在當時經常是最痛苦的時光。

　　愉快的事情反不如痛苦的事讓人印象深刻，覺得快樂，時間過得很快，感到痛苦時候，時間就過得很慢，大概是這原因，苦痛才會一點一滴的緩慢刻在記憶之年輪中。

　　古代有位名將軍，為了克服體能的限制，冰天雪地中訓練用冷水洗澡，人是習慣的產物，身體機能具備抵禦外物的能力，當習慣之後，即能發展出優異的體能。

　　我雖未如名將般想鍛鍊體魄，卻也因環境不得不訓練出體悟熱的滋味，猶記那段住在鐵皮屋加蓋的頂樓公寓內，每逢夏天高達 38 度的氣溫，沒有冷氣，到了晚上往往熱得睡不著覺，一個月之中足足有半個月失眠，那幾年每到夏天就發愁，經過那段歲月後，我卻訓練出比常人更耐熱的體質，如今反而一進到冷氣房內，便覺手腳冰涼，不如那有點溫溫熱熱的自然風來得令人舒服，享受身體微微出汗的感覺。

　　如今每到夏天，我是家中唯一一位不需要吹冷氣也不感到熱的人，我的住家環境也由鐵皮屋搬到公寓一樓，那段燠熱難耐，夜裡輾轉反側難眠的日子，最終成了我最難忘的滋味之一。

　　那份滋味也讓我體悟到很多人生存環境不理想，卻必得培養出刻苦耐勞的性格，才能面對俗世生活。

歌德也為痛苦的事留下註解:「痛苦留給你的一切,請細加回味,苦難一經過去,苦難就變為甘美。」

記得曾讀過一本書,書名和作者都已忘了,印象最深的是作者的一段人生經歷,當年他為了繼續讀研究所,每天待在圖書館內讀書,一天只能吃兩個饅頭,不知為何,我始終沒忘記曾有人如此克難的生活過。

經此訓練,往後不管如何生活總變得容易多了。

回憶和人生一樣,總是苦樂參半,最難忘的滋味裡,也摻雜了美妙的記憶,也許我是個多愁善感的人,總喜歡未雨綢繆,當耽溺在追求享樂的事物上,總無法持久,而人一旦習慣了追求耽逸的情態中,將喪失應變能力,如何面對無常的人間事物呢?

那些偶爾跳脫生命常軌的人,像有人斷食幾天,體驗飢餓的滋味,像有人極地旅行,挑戰體力,當生命中出現茫然失措的時候,可以自己尋求解決之道,不假外求。

當汲汲營營於生存之時,回想起經歷的痛苦事件,發現人生也沒人麼大不了,了不起就是再遇到什麼苦難,發揮所能撐過去便是了,事後就像歌德所說的,所有苦難就會變為甘美,而我發現事實也是如此。

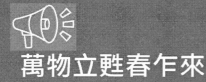

萬物立甦春乍來

文：汶　莎

　　望著窗外煦煦暖陽，原本白雪皚皚的景致，不知何時開始已被春天妝點上青綠色的胭脂，為大地增添不少生氣。緩緩開窗，迎面而來的是那清新無垢的涼風，伴隨著雀鳥們的歡啼聲，訴說著春天的到臨。

　　家家戶戶張燈結綵，為新春做準備，孩子們的歡笑聲與鞭炮聲相和成慶賀的旋律，市場人來熙往置辦年貨，漸漸的搭起了「春」的樣貌。我穿流在人潮的洪流之中，享受著新春的氣息，在街上左看右瞧，映入眼簾的都是滿堂紅霓，伴隨著乾貨味兒和鞭炮的煙硝味，還有新年歌謠、舞龍舞獅…等，人們熱鬧的將新春迎了進來。

　　隨手買了一個春捲，一口咬下，花生的香氣伴隨著青菜的香甜，在口中慢慢擴散，樸實簡單的味道，令我想起小時候時常在外忙著農活的父親。每當到了這個時節，父親那已粗糙長滿硬繭的雙腳，踏入冰冷的田水中，低著頭將腰際間的一簍秧苗，一支一支的插入田水中，我和妹妹就在一旁蹲看著，覺得既有趣又新奇，這時從廚房傳來母親的聲聲喚，要我們一起幫忙包春捲，待晚上圍爐時給叔叔伯伯們吃食，那時的日子雖然單純簡單，但也令在都市的我感到懷念。

　　正想著要將買來的春聯貼到門口時，一道門鈴聲打破了我的思緒，正想著是何人道訪時，開門的一剎那，那再也熟悉不過的身影讓我內心湧現一陣酸楚，我上前擁抱他們，淡淡的說：「爸、媽…你們來了。」搭在我肩膀上的重量及手心傳來的溫度，讓我驚覺，原來在不知不覺中，年華的逝去已在他們的身上刻畫下不可抹滅的痕跡。

　　再熟悉不過的城市，隨著四季的更迭，變換不同的景色，但不同的是今年則是有家人的陪伴，我帶著父親和母親走在初春的街道，沿途樹上新冒的綠芽、花園裡初開的杜鵑像似在為咱仨人歡慶團圓，母親說著要採買做春捲的材料，我忙著推辭要她別麻煩了，但母親說著「你太久沒吃了…我怕你忘記…」，我的內心開始覺得有些愧疚，便依著她到處採買。

　　看著租屋處的廚房，母親忙進忙出，父親氣定神閒看著電視，有股回到家的錯覺在心中油然而生，我開始想起家鄉的一切，無論是耕田機的噠噠聲，或是裊裊的檀香味，多久了？已想不起自己多久沒有回去家鄉看看倆老，現在的他們和我記憶中的印象已漸漸紛紛不一，內心的酸楚更加深刻。

　　一口咬下熱騰騰的春捲，家鄉味從口齒一路流竄至全身，眼眶中的淚水終究仍是不爭氣的落下。

　　「好吃…好吃…」這不是感動，而是一種虧欠。

　　突然有個念頭在我心中呼之欲出，像是新芽衝破種殼般的堅韌意志，我默默開口道。

　　「媽…下個月…換我回去看看你們吧！」

　　母親看著我笑了笑，撫著我的頭「好…等你回來…」

　　一句話注入了生機，「家」復甦了。

春雨綿綿燕還春

文：汶 莎

在飛舞著細雨的綠色稻海中，伴隨著呢喃燕語，春天已悄悄的爬上滿綠的圍牆，探頭探腦的吸引著我的注意。抬頭望向迷濛的景色，搖曳的大紅燈籠高掛在家家戶戶的屋簷上，溫暖的紅光彷彿串起了人們想要熱鬧的心，從窗邊飄散出各種美味香氣，像是紅燒魚、蒜香五花肉、菜脯蛋、滷豬腳…等，各家美食紛紛出籠，猶如小過年的氣氛爬滿在我的身上，驅使著我想要上街的慾望，看著稍停的雨勢，我慵懶的站直身子，套上百穿不爛的藍白拖鞋，隨手拿了把倚在門旁的雨傘，走入人群之中。

在家中待習慣的我，相當不喜歡人群的擁擠，本能地朝著人少的地方前進，不知不覺得來到了一處陰暗的樹下，看著熙來攘往的景象，我默默的點起一根煙，想著自己為何要出門找罪受；這時，一陣轟隆聲響併閃出的一道光，黑暗的天空剎時一片明亮，似花朵般盛開的煙火不禁讓我驚訝，正當我痴迷著它的美麗，飄散過來的紅糖香氣勾起了我的味蕾，攪鼓著我的胃；循香前行，走近攤前，才想起原來今天是元宵節，順手買了碗湯圓，咬下那圓潤又帶點黏稠的白色外皮，帶點咬勁的口感和著溫熱的糖水，滿足了我的口腹之慾。

頓時發覺，原來肚中塞滿的不是湯圓，而是我滿腹的鄉愁，想起每當這個時節，總是看著父親拿著鋤頭的背影，赤著腳丫，早早就出門耕田。小時候的我常常問著他「你要去哪裡？」父親總是會向下回頭望著低低的我，眼神充滿憐愛的摸摸頭說著：「春天來了，該工作了。」說完便頭也不回的離開家門。再見到他時，已是傍晚時分。

　　隨著元宵一次次的過去，大紅燈籠重覆的拆了又掛，年歲也偷偷的爬上我的頭，拉拔著我長大，但…父親的生活仍一成不變，最後一次見他，也是我上台北工作的那一日，他目送我的同時，我問他：「今天不用下田嗎？」他回：「老了…腰疼…」，便坐在椅子上搖著搖著，睡著了。我看著他翹在椅子上那雙斑駁厚繭的雙腳，心中五味雜陳，淡淡的說了一句「我走了」，便坐上車離去。

　　我好像應該要說些什麼，但卻又不知道該說些什麼，當時的欲言又止就如同我此刻止步不前的心，我在猶豫什麼？是什麼理由讓我一直留在這裡？明明想要回去，但卻又被恐懼籠罩。

　　我擔心，他看到一事無成的我，失望。

　　我害怕，沒有符合他們的期待，失望。

　　口袋內的手機突然響起，不知是心有靈犀亦或是心電感應，螢幕上顯示的是許久未聞的稱謂，在猶豫著是否要接起時，從葉稍落下的雨滴錯手不及地幫我接下接聽鍵，電話的那頭傳來熟悉的聲音，說道「你好嗎？」

　　我…哭了…就這樣在電話上哭了許久…

待哭聲稍緩，我清了清鼻子，回道「你…好嗎？」這句話包含了許多期望、原諒、思念、愧疚…等，數不清的情感在我心中釀成更多的酸楚。

我…想家了…

驚蟄百味人生

文：汶 莎

　　黑，一片漆黑，這裡是哪裡？濕濕軟軟又帶有點腐臭味，好熟悉的味道，似曾相識的感覺促使本能覺醒，尋找著能維持生命的能量，汲取著養分同時也思考著自己為何在這裡？努力回想著過往，卻找不到一絲絲的線索，飢餓蠶食了理智，只剩本能吸吮著汁液，以維持身體機能的正常運作。

　　在忘我的填滿口腹之慾同時，腦海中浮現出片段的畫面，想起了第一次睜眼的悸動，好奇的四處張望著這一片光明，看著眼前的人們在我的眼前搞怪扮醜的滑稽模樣，看得我哈哈大笑；當我飢餓難耐哇哇大哭時，便被一雙溫暖的大手抱在懷裡，本能的吸吮著乳汁，滿足內心的缺憾。

　　頓時，我了解自己曾經如同現在一般，靠著吸吮努力的存活，直至撐腸拄腹才停止，隨之而來的是一陣睡意，在睡夢中依稀想起自己的過往，看著年幼的自己在家人的呵護下，享受著豐衣足食的天倫生活，嘴角不禁漾起一抹微笑；淚水不禁隨著臉頰流下，驚醒睡夢中的我。舉目四望，仍是一片漆黑，沒有了熟悉的溫暖，也沒有茶來伸手，飯來張口的恢意生活，困在這片漆黑中的我，靠著僅存的六支節肢在這充滿腐臭味的土壤中，找尋著生存的意義。

　　為什麼我要找尋生存的意義？我連我是誰我都不知道，在這片漆黑中我只能蟄伏其中，以最低的活動量找尋能夠維持生命機能的食糧，我發覺思考在這裡完全不管用，我任憑著本能凌駕理智，但⋯三不五時仍還是會回想起過往的生活，那段屬於我的曾經。

當我再度瞇上眼，往事如潮水般洶湧襲來。

我想起，第一次獲得家人肯定及讚許的喜悅。

我想起，第一次歷經失敗而痛徹心扉的悲痛。

我想起，第一次從挫折中重新振作的艱辛感。

我想起，第一次在努力之中獲得夢想的滿足。

我想起，第一次參與親朋好友告別式的哀戚。

我想起，第一次為人父母時所擁有的期待感。

我想起，第一次遇上教養小孩時的不知所措。

我想起，第一次因經濟壓力而感到絕望心死。

我想起，第一次躺在病床上動彈不得的無奈。

我想起，第一次體驗閉上眼安然離世的灑脫。

許多的第一次，讓我嚐盡人生百態；剎那間，一道驚雷打下，震響大地，土壤傳來濕潤雨水的味道，大雨的沖蝕為我的世界打入一道光，本能的順著光前行，爬上崎嶇的道路。我停下腳步，在雷雨中褪下我的外皮，象徵著將往事拋除，然雨過天晴，拍起晾乾的翅膀，向著陽光飛去。

鳴叫，將心中一切的不滿，宣洩。

吶喊，將心中一切的哀痛，宣洩。

悲鳴，將心中一切的遺憾，宣洩。

不停地聲撕力竭的叫著——

不停地聲撕力竭的叫著——

不停地聲撕力竭的叫著——

⋯⋯直到死去。

寒食清明柳，東風起傷懷

文：汶　莎

還記得那次的烽火嗎？

對方朝我開的那一槍是你為我擋下的，要再找到像你一樣忠心的，還真難。

還記得這瓶陳釀嗎？

總是不勝酒力的你，每每看到我低飲著它，便吵著也要喝一口，現在…少了一口，酒也變得不好喝了。

還記得前些年你說過的話嗎？

你說以後生的孩子要讓我取名，我這個大老粗怎曉得要取什麼名？好在…你沒娶妻生子。

望著山上的美景，風水師說這裡是個寶地，你還滿意這裡嗎？我知道你最愛柳樹，所以我也在這裡種了幾棵。此刻，風起柳揚，你來看我了嗎？

不介意我坐在你屋前吧？總覺得這一切來得好突然，仍然還是感覺你在我身旁，只不過暫時出去遠行而已；回想當時的情景，都是我的愚蠢害了你，你卻笑笑的對我說：「大哥，不干你的事！別在意。」

怎麼可能不干我的事，若不是我執意放火，你也不會衝入火場去救弟兄的女兒；

都怪我，太過粗心，還忘了有人質在。

都怪我，太過大意，讓對方有機可乘。

都怪我，太過隨便，讓你時常多費心。

你知道嗎？當弟兄的女兒拉著我的衣袖直喊著問我說：「小哥在哪？我要跟他說謝謝，謝謝他救了我…」

我的心頓時揪了一下，我不知道該怎麼回應她…

我該說：「小哥他去忙了，等晚點他回來我再跟你說？」

還是…

我該說：「小哥去旅行了，暫時不會回來？」

還是…

我該說：「小哥他…走了，他永遠回不來了？」

最後，我選擇什麼都不說…

在你的告別式上，她看到了你的照片和一片鮮花排場，她知道是怎麼一回事了。她倒也堅強、懂事，不哭也不鬧，只是靜靜的看著你的相片，努力的漾起微笑，不停的跟你道謝。

我哭了…我好久沒像這樣子哭泣，我好不捨…

我不捨的是你的離去…

我不捨的是她的堅強…

常有人說道上的男兒都沒血沒淚，只靠忠肝義膽活下去，我他媽的聽他們在放狗屁！我們也是人啊…怎可能沒血沒淚，看見你衝入火場的那刻我怎可能不喊住你？而你卻只是跟我說：「大哥，我去去就來！」如此的雲淡風清，說的好像只是去街角買包煙似的從容，你要我怎麼再去阻止你的俠義熱血？

從遠方走來的好像是你的弟兄，他帶著女兒和鮮花過來與你致意，他要我節哀，我只能與他訴說我的悲痛；我們一同坐在你的屋前話著當年，突然想起你剛入行當我小弟時那幅年輕氣盛的模樣，像極了我以前叛逆不拘的時候，如今的我多了份成熟穩重，而你只剩白骨灰燼。

弟兄說你剩的不是白骨灰燼，而是留下了一個未來，我看向弟兄的女兒，我明白了…原來…你想守護的不僅僅是俠肝義膽的道上情誼，而是你重視的每個未來。

我笑了笑，學起古人，將酒倒在你的墳上。

「小子，謝謝你一直以來的陪伴！」

春分時雨，日暝對分

文：汶　莎

　　春雷響起的那日起，我倆的命運就從此被訂定下來，還在嗷嗷待哺，對這世界充滿想要探索欲望的心，隨著大人們的驚恐與不安開始出現絕望。

　　我們不知道自己做錯了什麼，自有意識的開始準備探索這世界時，卻被無情的大人們阻止，他們發顫的雙手撫著胸，不停的尖叫撕吼著，要我們離開這裡，遠離他們；不知從何開始這個家就只剩我和妹妹相依為命，再也不相信這個世界及大人們。

　　我討厭大人，我討厭這世界…

　　看著村裡的其他家族，孩子與父母相處融洽的情形，母親對孩子的寵愛及父親對孩子的呵護，這都是我所沒有的，甚至連與這些孩子交朋友的權利都沒有，當有孩子靠近我們，大人們便會面露驚恐，將自己的孩子帶離我們，並口中不悅的喃喃說道：「他們是咀咒之子，不能隨便靠近他們！」，我不懂…咀咒之子是什麼？我牽著妹妹在街道上走著，餓了就到每戶的桶子裡找尋還可以吃的食物，途中遇上了村長，村長看著我們的眼神就像是看著蛆蛆的不屑。

　　「你們滾一邊去，離開村子愈遠愈好！就是因為你們出生，這村子的雨才從未停過，咀咒之子，呸！」說完便與我們擦身而過，自打我長大以來，長期忍受的這些不公，我忍不住朝著村長大吼。

　　「什麼是咀咒之子？跟我們有什麼關係？為什麼要這樣對待我！」

村長停下腳步轉身，迎面揪住我的衣領「雙生子是不可以留下來的你知道嗎？要不是要把你們留下，你們父母也不會因你們而死！」

我內心雖然有些害怕但我還仍是鼓起勇氣回答道「為什麼我們就非死不可？為什麼你們要害死我們的父母？」

村長一把將我甩到地上，憤怒說道「自古日暝是分開的，日司管畫，暝司管夜，日暝主司各半日，當日暝同升，便會降下大災厄，為了避災，你們的父母才會替代你們成為祭品，以息眾神之怒。」

隨著村長的離去，我含著淚嚶嚶的哭著「什麼日的什麼暝的…跟我們到底有什麼關係…為什麼要這樣對待我們？」

憎恨充滿了我的內心，我看著早已被他們摧殘不堪、又聾又啞的妹妹，努力的撐起微笑，告訴他有姐姐在不用怕，妹妹漾起的笑容是一直支撐我在這腐臭世界存活下去的動力。

為了守護這份微笑，我必須做點什麼…心中不斷有著喃喃的絮語告訴著我該怎麼做…

我知道…這樣做是最好的。

我知道…沒錯！就是這樣。

我知道…這是他們欠我們的。

我知道…這跟我們一點關係也沒有。

來吧…將你的悔恨填上乾草。

來吧…將你的憤怒滿上焦油。

來吧…將你的不甘注入怒火。

燒吧…燒吧…
燒盡這裡的一切
燒盡這腐臭的世界

洗吧…洗吧…
洗淨這骯髒不堪的內心
洗淨這荒謬至極的思想

這樣的我們才能得以重生…

雨聲滴落，只剩焦黑與煙囂伴隨著我們，我帶著妹妹朝向北行，不再受東昇西落的日暝束縛。

重生。

立之於夏，戲之於水

文：汶　莎

還記得我們的約定嗎？

約定在今年夏天一起去秘密基地玩。

約定在今年夏天一起去河畔放煙花。

約定在今年夏天一起去公園看燈火。

約定在今年夏天一起去海邊逐浪花。

約定在今年夏天一起一起做好多事。

還記得去年我們的回憶嗎？

我們去年一起玩的捉迷藏，你總是猜拳猜輸哭著說不要當鬼。

我們去年一起看的鬼電影，你總是嚇得躲在我的背後不敢看。

我們去年一起堆的沙雕堡，你總是想著要堆得比我的還要高。

我們去年一起吃的雪花冰，你總是吃一大口享受頭痛的感覺。

我們去年一起一起做了好多有趣的事。

你知道…我們已經回不去了嗎？

自從那件事情過後…大家再也沒有提過你的事情了…

只剩懊悔著沒有把你救出的我…獨自懺悔。

為什麼…我要答應你玩最後一次的捉迷藏…

為什麼…我要答應你當捉迷藏的鬼王…

為什麼…我明明聽到有水聲卻不過去看…

為什麼…我這麼久都還沒有找到你…

為什麼…我最後是在電視上才找到你…

好想你，真的好想你…

你可以告訴我嗎？我該怎麼做才好？

我是不是應該忘記你，當作這一切都沒發生過？

我是不是應該躲起來，逃避這一切孤獨的終老？

我是不是應該要死去，去另一個世界找你懺悔？

我曾想過一了百了，但我發現我並沒有那個勇氣。

沒有人怪我，我只怪我自己。

都是我的錯才會讓悲劇發生。

如果…我們有聽大人的話早早回家就好了…

如果…我們不要聽你的話玩捉迷藏就好了…

如果…我不要當鬼王由小健當鬼王就好了…

如果…如果…如果…

如果…這一切都從來沒有發生的話就好了…

我曾痛恨過自己的無能為力，

我曾痛恨過自己的渺小軟弱，

我曾痛恨過自己的無知天真，

我曾痛恨過自己的幼稚輕浮。

但都無法挽回失去你的事實。

你曾說：如果這次捉迷藏贏了的話就要告訴我一個秘密。

現在⋯這個秘密連同你一起送進了火葬場。

大人總是說失去後才會懂得珍惜，現在的我懂了。

你知道我最喜歡你了嗎？

我喜歡你⋯所以我故意惹你生氣。

我喜歡你⋯所以我裝作不在乎你。

我喜歡你⋯所以我不敢正眼看你。

我好後悔在喜歡你的時候沒有好好的珍惜你。

我好後悔在喜歡你的時候沒有好好的告訴你。

我好後悔在喜歡你的時候沒有好好的保護你。

吶，你知道嗎？

這個世界少了你，仍會繼續的運轉。

這片星空少了你，仍會繼續的更迭。

可是…

我的生活少了你，卻是無法再前進。

時間彷彿靜止一般，我無法停止對你的思念。

四季仍是不停的交替著，我就像是個人偶，過著行屍走肉般的生活。

但…每到炎熱的夏季，就會將我的時空拉回到那一日。

你的離去就如同黏膩的夏日，霸佔著我的思緒。

我…日復一日，負重前行。懺悔。

穀雨挽茶

文：汶　莎

　　晨鳥飛鳴，稻穀秧田，農人望雨，茶婦挽茶。戴上包巾斗笠，隨著母親沿著彎繞山路，看著順坡而種的茶樹，在晨光和雨露的照映下，顯得綠意盎然。刺耳的煞車聲，催促著我們抱著竹簍下車，撲鼻而來的是清新鮮嫩的茶香，吸慣了都市空氣的我，久未聞到如此新鮮的芬多精，心情頓時輕鬆不少。

　　長期按著電腦鍵盤的手，冰冷的讓我忘卻了茶葉傳來的溫度，跟隨著童年的記憶，慢慢的將茶樹上的嫩芽摘下，手上傳來的清香，將腦中深沉的記憶勾出，屬於家的溫暖也慢慢回升，溫潤了我的雙眼。

　　母親似乎察覺到我的異樣，不經意的出聲問道：「怎麼了？」

　　我逞強的吸了吸鼻子說了句「沒事」，便繼續採茶。

　　忽然間…我想起了一些事情…

　　還記得…那年畢業後準備投身進入職場的衝勁，鼓舞著我對於工作的期待。

　　還記得…那年決定離鄉背景北飄工作時的感傷，激勵著我對於未來的憧憬。

　　還記得…那年在工作上初嘗失敗時的苦澀滋味，重擊著我對於自己的信心。

　　還記得…那年在提案上首獲上司肯定時的歡欣，推動著我對於工作的動力。

　　還記得…

　　面對不願再想起的回憶，我搖了搖頭，試圖揮去腦海中那逐漸浮現的影子；我擦了擦臉頰上的汗水，將注意力專注在採茶上。

　　『阿卿啊，恁查某囝哪會有閒轉回鬥相共？』

　　突然鄰居一陣的關心問候，震得我愣在原地，母親似乎看到我有些不安的神情，便隨意打發說道。

　　『嘸啦，嘟好放假回家，我叫伊來鬥相共啦。』

　　人家說『知女若莫母』，我轉向與母親對看，默默的向他表達謝意，她回了一個燦笑，我忍不住流下淚。母親拍拍我的肩膀安慰道：『有事回家再說吧！』我用袖套擦掉臉上的淚珠，一邊採著茶一邊點頭。

　　回到家後，我像似個孩子投入了母親的懷抱訴說著這幾年來北飄所受到的委屈。

　　我難過…因為職場的險惡，讓人難以相信身邊的人。

我不甘…日積月累辛苦經營的一切，就這樣被人奪走。

我生氣…明明大家都是為公司在努力，偏偏就是有人在扯後腿。

我焦慮…為了做不完的事情而徹夜難眠，為了老闆的訊息而日夜待命。

我已扛不住這份壓力，我受不了這樣的折磨。

我知道不是自己做的不夠好，而是別人覺得我做的還不夠。

我累了…我真的累了…

母親靜靜的聽完這一切，緩緩說著『要是想回來就回來吧…』

從沒想過這個問題的我，我頓時間愣住了…

『你知道為什麼採茶都要選一心二葉嗎？因為烘焙出來的茶，苦澀感較少，回甘味較多。』我不懂母親的意思，我抬頭望著母親，她接著繼續說。

『職場就像是個烘焙室，你在裡面經過高溫的折磨，出來後你會發現，你現在經歷的一切其實都不算什麼，之後回味都會覺得甘甜。所以…不論你的決定是要繼續待在台北還是回來，我都支持你。』

母親的一番話，暖了我的心。

喚醒了我骨子裡農家人的堅韌精神，

我想…我知道我的下一步該怎麼走了…

偷車賊與男醫生

文：老 溫

Vigilantism，意為「法外制裁」，又有一個名詞叫「私刑正義」（Vigilante Justice），詞源來自十九世紀西班牙語，原意為守更人。西班牙和阿根廷共同製作的電影《4x4》，主旨正正是「法外制裁」，用現代語說便是「私了」。

古代歐洲，人們相信神主持正義，相信會保護和庇佑好人，原來當時審視時原告與被告可選擇親身上陣或各派代表比武，然後好人就會勝出，邪不能勝正。這算不算私下解決的例子？《4x4》的故事很簡單，屬 300 萬歐元的低成本，約 80%戲份被困豪華四驅車內，基本上是男主角 Peter Lanzani 的獨腳戲。他是一名偷車賊，意外地因偷車被鎖，慘受車主遙距「虐待」，充滿黑色幽默。

導演 Mariano Cohn 的靈感來自現實，一名巴西笨賊偷車被困，再次印證現實與戲劇的微妙關係。那被偷的車防彈和防震，玻璃窗具備防偷拍功能，男主角在內呼叫時，街外人完全不知道他的狀況。重點是，他無能破壞汽車，車裏也沒有糧食，隨時渴死。車主是一名男醫生，透過網絡跟賊人閒聊，不斷數落他，批評賊人謀殺、搶劫，奈何阿根廷的司法制度不能制裁他，故此才決定採用「私刑正義」解決他。

《4x4》的亮點之一是一頭蟋蟀，與賊人同時被困，男主角餓壞了，想過生吞牠，但兩人當時已是同是天涯淪落「蟲」，他不想失去朋友，後來更開了小孔放走牠。世事如棋，男醫生本身是負責救人，每天為女人接生，卻因不滿社會而設陷阱懲罰賊人，變相在虐待他人。

　　當他「挾持」賊人與與警方對峙，附近居民卻為醫生打氣，導演想問：「如果社會制度不公，私了會是唯一選擇嗎？」筆者不想劇透，荷里活電影通常惡人有惡報，但歐洲電影從來不吃這一套。電影中的大英雄，不少都會私了惡人，如蝙蝠俠和羅賓漢，大家願意他們跳出螢幕來到現實嗎？

遊戲重製，是升華還是冷飯

文：老　溫

　　疫情襲來，全球所有活動計劃一下子都亂了，幸好四月份遊戲界大作如期推出，當中包括兩款經典 RPG 遊戲的重製版。同樣是 Square Enix 出品，一款是不容搞垮的活招牌《最終幻想 7 Remake》（以下簡稱為 FF7R），另一款是當年 2D 動作 RPG 巔峰作《聖劍傳說 3》（以下簡稱為聖劍 3），都於三月先後推出體驗版讓玩家試玩。

　　《FF7R》由 2015 年 E3 宣佈製作起，一直只有零星宣傳影片，首次公佈遊戲畫面時還沿用著「十年半成品」《FF15》的介面素材，一看到立即大大扣分。要知道，《FF7R》只是整個遊戲的第一章，製作人北瀨佳範還表示現階段不清楚會分成幾多少章節。Square Enix 一拖再拖還要斬件出售一款 23 年前的舊作品，不禁令人想擔心，會否又弄出像《FF15》的爛尾 DLC？

　　結果當我看到畫面彈出隕石標題，主題曲響起那一刻，已經熱淚盈眶，滿滿感動與回憶！《FF7R》的重製還算滿有誠意的，ATB 戰鬥系統改革得不錯，並利用了角色特色令戰鬥有更多變化，唯一不便是需要進入指令畫面才能使用魔法和技能。國內外的媒體對遊戲都讚多於彈，相信第一章會是不錯的，但到了要進入大地圖探索的時候，會否變成《FF13》的一本道？留待第二章公佈，先坑你買第一章就是了。

　　《聖劍傳說》的光環不像《最終幻想》般閃亮，系列最後的正式續作已經是 2006 年推出的《聖劍 4》。說來《聖劍 4》和《FF7》有著同一個時代地位，就是它們都是系列首部的 3D 化作品，可惜《聖劍 4》的下場就是很慘，導致了聖劍系列的衰落。但《聖劍 3》是超

任最後光輝時期不可不玩的大作，今次重製的回饋亦比之前的《聖劍2》重製好。

《聖劍3》重製版在劇情、對白和系統沒有太多加鹽加醋，比較原汁原味，就是引入全新遊戲視角、育成系統和技能分配，戰鬥依舊爽快。相信是用了《DQ》系列的開發素材，畫面和人物都有股「DQ味」，但也貼近《聖劍傳說》一貫的童話風。可惜不再支援三位玩家一齊玩，一個「毒」自玩也符合疫情。

遊戲重製愈來愈普及，每一款大家童年回憶中的作品，隨時都會得到改造再推出市面。看《Resident Evil》2和3的重製版好評如潮，就知道舊酒新瓶處理適當，大家都是贏家。冷飯，一炒再炒又何妨？

為何金庸要拆散段譽和王語嫣？

文：老　溫

不少武俠小說迷不滿《天龍八部》新修訂版，為何段譽和王語嫣明明已開花結果，卻要把這段浪漫戀曲「改頭換臉」？難道金庸本尊來到古稀之年，愈老愈糊塗嗎？

或許，「段王戀」在讀者心目中是完美的愛情故事，但心明如鏡的話，也該看得出，段譽放不下的是神仙姐姐。段譽的頓悟，也是金庸的醒悟。江湖傳聞，金庸年輕時暗戀「長城三公主」之一夏夢，惜襄王有心，神女無夢，後來夏夢亦下嫁初戀情人林葆誠。

多情自古空餘恨，金庸就算成家立室，心坎裏仍留下了愛慕之情，唯有投射到作品之中，讓段譽代為圓夢。年紀大了，經歷多了，金庸最終把感情放下了，也讓段譽放下王語嫣，各走各路。君不見很多現代夫妻當兒女長大後，決心離婚，無怨無恨，雙雙尋找自己的快樂，活得更精采。

記得以前讀倪匡在文章內提過「魔障」，幾乎無人可以避免，當一個人被心魔操控，此後就剩下軀殼，行屍走肉渾噩一輩子。驅魔還須驅魔人，心魔由自己而生，驅魔人就是自己，「段王戀」被修訂是去除魔障的闡釋。心魔來得快，走得也快，說穿了，就是一念之間。放不下，一輩子跟你如影隨形、直至蓋棺論定；放得下，你不用背負沉甸甸的包袱走路。

「魔障」一詞來自道教，「魔王」經常會為人們設置障礙，「障」就是使肉眼看不清事物的真相、真身。要破除「魔障」，大前提是知

道「障」從何來，正如現代人掛在嘴邊的斷捨離，你沒能分清楚哪些東西是否必需品，又如何斷、捨、離？

　　一個人的心魔會影響很多認識的人，也會影響更多不認識的人，你今日面對外送員大發脾氣，外送員回到家把怒氣撒給兒女，兒女把鬱悶帶回學校…記得《眾經撰雜譬喻・卷下》有個故事，大婆的兒子被二奶害死，大婆投胎八次復仇，要二奶不斷經歷失去兒女之痛，循環不息。如果你相信有前世今生，今世你擺脫不了心魔，下世也會常伴你左右，非常恐怖。

　　拜讀蘇東坡的《赤壁賦》（非《念奴嬌・赤壁懷古》），「自其不變者而觀之，則物與我皆無盡也」，說的就是人生苦短，萬物的變與不變，像流水和月亮一樣，沒有真正逝去，到頭來是不增不減、不多不少，意即天地是無窮無盡，我們不必為無常而多愁善感、傷春悲秋，說明塵世間沒甚麼是放不下的，間接呼應了道教的「去除魔障」。

運氣是成功的主因

文：老　溫

　　成功需苦幹，這句話可說是「街知巷聞」，無論你想在那一個範疇中成功，努力苦幹是必須的付出，不過，正所謂「盡人事，聽天命」，經常在很多情況之下，即使你如何努力付出，最終也徒然無功。

　　每一位成功人士的成功要素，都一定有他的理由，但不管他們是怎樣成功，不論他有多少能力，運氣是必然不能缺少的因素。

　　就算只是差一點點，運氣就能左右大局。當然，你很少會聽到成功人士會跟你說：「我的成功是因為運氣好！」事實上，每一位成功人士都會認為自己的能力都是不凡，又或許他還會告訴你應該如何去努力便可以達到成功！因為他們也忽略了有些客觀因素，其實是運氣使他們成功的。

　　很簡單的一個例子，今天有兩個人一模一樣的，無論是智力、外貌、EQ 或執行力都是相同的，但結果可以截然不同，一個成功，一個失敗，或許說連失敗的機會都沒有。為什麼？因為一個生長在一個先進、並且很在意栽培人才的國家；而另一個卻生長在一個沒有人權、落後的國家。

　　可能讀者會覺得這例子有點極端，那麼又將範圍縮小，就算同樣生長在一個家庭中，因為出生是男性？或出生是女性？已經有不同的命運了，就算是同樣的性別，是長子或次子、甚至是幼子，命運也會不同的。

　　就像一位天才橫溢的人，剛好某天出門遇上了車禍，斷了一隻腿，或腦震盪令到腦力受損，整個人生將會不一樣了！

　　這時，或許仍有人說，這些例子少之又少，那麼可以再看看實際的例子。例如，用業務的遭遇，正好反映不少人的成敗，即使是上市公司的主席，其實就是一位業務高手。

　　所謂業務高手，自然有他的說話技巧或銷售方法，這絕對不能否認的，而且，這種成功，還會與日俱增，除了經驗之外，擁有一定程度的地位之後，占的資源自然也較多。

　　不過，牽涉運氣當然還有很多，例如你遇到的客人可能都是偏向會購買你的產品或服務較多的，又或是約好的客戶，突然生病臨時取消等等，這些無法控制的因素絕對會影響業務的業績。

　　當然，談到在這裡，筆者還是一再強調，要做為成功人士必須要努力，不能坐在家裡等待運氣。而一個成功人士，背後必有運氣的加持，所以，當你成為一位成功人士後，多關心一些其他運氣不好，未能成功的人，多行善事，這樣才能讓你的運氣持續。

想當有錢人從省錢做起

文：老　溫

在現實的社會中，有錢人的確是較受社會重視，衡量一個人的地位，大多也是以金錢作評審規則。所以，很多人羨慕有錢人，人人也希望成為有錢人。

其實，一個人除了天生有錢外，就是一出生就生長在富裕家庭，有為數不少的有錢人都是節省出來的，當然還要經過很多努力而為的。

當然，有錢的定義大家看法不同，有些人覺得要富甲一方才算是有錢人，有些人覺得小康之家已經是有錢人了，也有些人覺得，只要能夠將想買的東西都買得起，便是有錢人了！

不管你的定義是那個位置，就是想成為有錢人。雖然筆者不能說是有錢人，勉強還算得上是小康，而在成為小康的這事實，學了不少有錢人首先是節省來的。十元八塊都會算得很精準，每做一件花錢的事，必先分析，到底這做法是否最省錢的？

而每買一件東西時，必須要先考慮必須？還是想要？不必要的東西千萬不要花錢買，一些裝飾品、有趣的東西，從來不會吸引筆者購買。其實筆者在求學時，很多同學都會買卡式錄音帶，都是他們的偶像，但我卻是買空白的錄音帶去錄同學們買好的錄音帶，又或是根本是收聽電台的廣播。事實上，三十年過去了，當年同學們買了的錄音帶，應該沒有多少還留在現在。這就說明了，三十年前他們買的東西所花的錢都逝去了！

　　所以，筆者的購物格言，每買一件物品都必須有它的用途，絕對不會將金錢浪費在不必要的東西上。

　　在這裡特別談到的是買車，因為車子只要離開了銷售中心，它的價值就會不斷的下跌，所以，在買車前更必須確認車子是否你必須的？如果工作是每天開車到處跑，這當然就有買車的需求了。但如果只是為了假日偶而出去玩才開車的，這絕對是浪費金錢。因為就算只在假日包車去玩一天，一個月即使玩四次，也比養一台車來得便宜。當然，是否需要一個月出去玩四次又是另一個是否該省下的題目了！

　　真正要成為有錢人，省錢是第一步，然後才是把省下來的錢，想辦法將錢變出更多的錢，這又是另外一個話題，這部分就屬於投資了！就不是本文所分享的內容了！

朋友是什麼？

文：老　溫

朋友是什麼？就是有緣分之下相識的兩個人，不論是男男、女女或男女，只要認識就是有緣分了！當然，有些人認識一段時間後，或許昇華為愛情，那就是另一個話題了。

年輕時曾修讀過心理學，有提過兩個人的感情，不會一直保持同一水平上，只會越來越濃，或越來越淡，當然，有些人可能感覺不出來，事實上，兩個人的感情真的會變化。或許見面多的時候，感情會漸漸加厚，見面少可能會漸漸淡化，當然，突然有點什麼事情發生，也會加厚或冷淡。

朋友在認識後，自然會加深感情，同樣也會昇級，會變成好朋友、知己、甚至稱作兄弟（女性稱作閨密），到這境界，雙方應該都會肝膽相照，互相幫助的程度都會盡力而為了。

有些人說，朋友不應該講錢，到了這個最高等級的程度呢？應該說嗎？所謂講錢的意思是，一方如有金錢上的困難，另一方應否借出費用呢？這個可說得上是千古難題。有趣的是，不少朋友，甚至是好朋友，都在借錢之後，去如黃鶴，所以，令不少人都說，朋友不應該講錢。但到了知己等級，難道對方有難都不幫忙嗎？

如我所遇到的朋友，基本上能夠幫忙的都會儘量幫忙，當然，若以借錢來說，不同朋友的等級就會有不同等級的金額，等級越高，金額自然相應提高，除了真正的知己朋友，一般的朋友，金額是有限的，而且，也相應作了心理準備，就是這些借出去的錢，是不會回來的，

這樣心裡都會比較舒服。不用整天擔心對方不還錢，事實上，在這個世代，借錢不還的個案，還真的很多！

　　至於真的是知己的話，也應該很了解他的為人，借給他渡過難關，當然也不會馬上催促他還，這些金錢可能短時間內不會回來，但因為熟悉他的為人，知道這位知己必定會還錢，甚至乎，還會償還所謂的人情債，既然是肝膽相照，又何必計較太多呢？

　　朋友的關係可以是很長久，也可以很短暫，除了要講緣分外，還要看雙方的性格及際遇，根本世上很多事情是無法控制，也無法估計的。所以，無論是那一些幫助朋友，只要先定好級數，那一層次的朋友只能提供什麼幫助，這樣自己受傷害的機率便會降至最低了，不是嗎？

四壞上腦，事後孔明

文：老　溫

台灣人瘋棒球，一定聽過四壞上壘（即投出四壞球，保送擊球手直接上一壘），但在現實世界，四壞上「腦」的人肯定占多數，否則習慣用大數據分析的 MLB 隊伍，怎會「燒壞腦」錯過超級巨星 Mike Trout？

2009 年 6 月選秀會，超過 20 隊錯過了外號「鱒魚」的 Trout，才讓洛杉磯天使在首輪走運，居然用第 25 順位撿到這位 17 歲高中生。事實上，高中校隊總教練 Roy Hallenbeck 當時也不看好弟子，有機會在首輪力壓其他大學生，脫穎而出，說明科技再發達，總會有漏網之魚，天才也可能在年少時被忽略。

「他在高三那年才移防外野，守外野的經驗大概只有 30 場。」Hallenbeck 認定 Trout 雖然爆發力強，但揮棒技術略嫌生澀，高中畢業前他多半只能擔任游擊手和投手。體育團隊傾向用歷史和數據，投射一個運動員的未來和潛能，形成不必要的「標籤」，Trout 出生地是美國紐澤西，那兒從來不是盛產棒球超新星的熱門地；其次，他就讀的 Millville 高中，校史只曾出過一名大聯盟球手──那是上世紀四十年代的「遠古英雄」。

由此可見，這些歷史阻礙了我們的眼睛，正如人們認為台灣沒有足球歷史，也就不可能產出足球天才。2009 年選秀會上，或者有很多球隊嘲笑天使隊的決定，挪揄天使隊的球探 Greg Morhardt，但結果就讓好事之徒啞口無言。

　　17 歲的 Trout 在首場比賽，一馬平川，單場驚人地上壘 6 次，首個賽季打擊率達.362，隔年上到 1A 小聯盟仍維持到.360。2012 年的大聯盟新人賽季，「鱒魚」延續強勢，成為史上唯一單季打出 30 轟和 40 盜的菜鳥，更成為美聯的盜壘王；同年以全票姿態榮膺美聯年度新人王，入選全明星賽和拿下銀棒獎。他的事業扶搖直上，很快踏上巨星之路，2019 年 3 月份與天使簽下 12 年天價合同，總值 4.3 億美元，2020 年以 3770 萬美元年薪居首。

　　事後孔明，很多球隊後悔錯過了百年奇才，但天時地利缺一不可，天使隊在當時因兩名主力 Francisco Rodriguez 和 Mark Teixeira 成為自由身球員，才可以獲得第 24 和 25 順位補償選秀權，不然也難以修正成果，算是禍兮福之所倚，更要拜託前面的球隊不斷「四壞上腦」，把天菜拱手讓給天使。

早知如此

文：老　溫

很多人在某些事情發生後，總愛說一句話：「早知道這樣，當初我就應該如何？」

這句話其實非常有趣，因為會牽涉到兩個主體，一個是早知道，一個是我應該。但事實上，前者是不可能發生，後者同樣也不是必然的。

很多人希望有預知能力，君不見很多人求神問卜，不論是求籤、塔羅牌，水晶球、看相、測字…等等，無論那一項，目的只有一個，就是希望預知未來。

人當然不能預知未來，但真的有預知的能力的時候，人生真的會變得美好嗎？其實也可以想像得到，若一切都給你知道了，人生就會變得無味了。人的生存樂趣，正是不知道，我這樣做會有什麼結果？我的決定是否正確？全都是未知之數，緊張、期待、都是樂趣的一部分。

其實這情況不難想像，就像昨天一樣，你都知道昨天所發生的一切。若你每天都過著同一天，我想你都會發瘋。或許有人會說，若我知道下一期威力彩的號碼，每一期都知道，我便可以成為巨富。我相信是可以的，甚至乎可以成為全球最有錢的人，不過，你知道接下來所發生的所有事，就像每天看同一部電視劇，你全都知道。最可怕的是，你知道你何時死亡，等待死亡前的日子，應該是相當痛苦的。

假如你知道每天發生什麼事，還有什麼人生樂趣可言？

　　我們不可能知道未來發生的事，就算提早知道了，你也肯定會如何？有些簡單的情況，不用預知能力，也能預測到結果，但仍然是有人固執地以為自己可以是例外。

　　最簡單的例子就是犯罪行為，幾乎大部份的罪犯，當犯法的一天開始，其實他已知道總有天會被繩之於法，但是，他還是會犯法。因為總認為自己能夠逃離法網。

　　又或是情侶之間的問題，很多人明知他或她，是在騙你，眾人都看得很清楚，偏偏他或她卻看不到，最後，便成了愛情的犧牲品。（不過，這裡卻又出現另一個話題，眾人看到的並不表一定是真理！但這不是這篇的內容了！）

　　有時候，人類說的話，的確存在不少的廢話，不只是毫無意義，也在自欺欺人，不過，想深一層，只要說的人覺得舒服，又不影響到其他人，也沒有什麼問題。

用完即棄

文：老　溫

　　世界不斷進步，越來越多產品都流行用完即棄，既乾淨又衛生，當然，近年亦衍生了環保議題，但這不是本文的談論範圍。有趣的是，近年發現不少人，將朋友也當作流行產品一樣，用完即棄。

　　有試過幫助朋友後，朋友便失蹤了（這現象大多發生在借錢後！），又或者幫了朋友之後，朋友卻變成敵人一樣，反而處處針對你。

　　其實，這現象也不是近年才流行，成語：「過河拆橋」源出元朝，據說元順帝時，徹里帖木兒廢除科舉制度，參政許有壬表示強烈反對，不過，皇帝並不接納，更讓許有壬在詔令頒布時，跪在文武百官面前羞辱他，許有壬怕反對會遭來殺身之禍，最後還是贊成廢科舉。最後被譏諷，他是通過科舉考試的人，卻跪在第一個，看來是過河拆橋。後來用作比喻不念舊情、忘恩負義的成語。

　　這故事在今天看來，也知道許有壬其實很無奈，在沒有人權的年代的確是無法有選擇的。不過，不念舊情、忘恩負義的人的確大有人在。他找你幫忙，出盡甜言蜜語，到你幫了他之後，他早已把一切都忘光了。

　　這裡還要看那人心腸如何，稍好的話只是把你忘記，壞的話還是恩將仇報，這種人的思想實在是無法用常理去理解。正常人，你接受了別人的幫助，理應心懷感恩，即使沒有想到要報恩，至少也會記得對方曾經幫過自己。但這種把恩惠忘記的人，到底是在想什麼的，真的不容易想像。

雖說這現象不是今天才有，自古以來都已經有了，但經過那麼多年，學識與道德應該學懂了不少，人類不斷的進步，這現象不是應該減少才對嗎？但感覺好像卻越來越嚴重。

更有趣的事，這些失蹤了的朋友，在一段很長的時間（可能是一兩年，可能是三五年）後，卻會突然出現，又會請你幫忙他些什麼，之前的事情就像沒有發生過一樣，這些人的臉皮可以非常厚的。

這種情況持續發生，只會令人與人之間的關係漸漸疏遠，熱心助人的好人將會越來越少，所謂惡性循環，這些「失蹤人口」可能會影響到真正有需要幫助的好朋友，令人擔心這位朋友，又會否變成下一個的失蹤朋友。

這時又想到另一個話題，真正朋友，是否應該仗義相助呢？這留待有機會再來談談了！

國家圖書館出版品預行編目資料

暢所欲言／黃萱萱、曼殊、汶莎、老溫　合著.—初版.—
　臺中市：天空數位圖書　2020.11
　　面：公分
　　ISBN：978-986-5575-01-4（平裝）

863.55　　　　　　　　　　　　　　　　109019304

書　　　　名：暢所欲言
發　行　人：蔡秀美
出　版　者：天空數位圖書有限公司
作　　　者：黃萱萱、曼殊、汶莎、老溫
編　　　審：璞臻有限公司
製 作 公 司：常悅有限公司
版 面 編 輯：採編組
美 工 設 計：設計組
出 版 日 期：2020 年 11 月（初版）
銀 行 名 稱：合作金庫銀行南台中分行
銀 行 帳 戶：天空數位圖書有限公司
銀 行 帳 號：006-1070717811498
郵 政 帳 戶：天空數位圖書有限公司
劃 撥 帳 號：22670142
定　　　價：新台幣 270 元整
電子書發明專利第 I 306564 號

Family Sky

紙本書編輯印刷：
電子書編輯製作
天空數位圖書公司　E-mail：familysky@familysky.com.tw　http://www.familysky.com.tw/
地址：40255台中市南區忠明南路787號30F國王大樓　Tel：04-22623893　Fax：04-22623863